LES
ÉLÉMENS.

Par Lavergne

LES ÉLÉMENS,

POËME.

Nos venerem tutam, concessa que furta, canemus :
In que meo nullum carmine crimen erit.

OVID.

A LA HAYE,

Chez P. GOSSE JUNIOR, & D. PINET, Libraires
de S. A. S.

Et se trouve,

A PARIS,

Chez J. P. COSTARD, Libraire, rue Saint-Jean-de-
Beauvais, la première porte cochère au-dessus
du Collége.

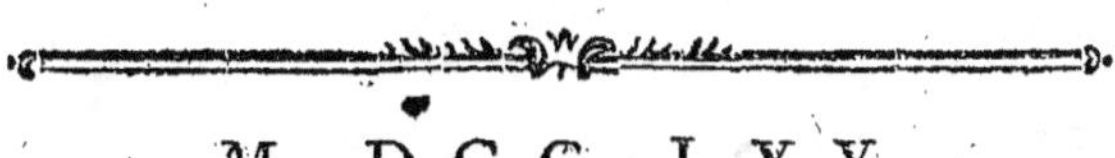

M. DCC. LXX.

AVEC APPROBATION.

AVERTISSEMENT

DES

ÉDITEURS.

Ce Poëme, qui n'eſt connu que
d'un très-petit nombre de perſon-
nes *, n'eſt pas une de ces productions
éphémères que le mauvais goût fait
naître, & que l'avidité du gain mul-

---

* Il en court cependant des Copies tron-
quées.

tiplie. M. de Voltaire &, avec lui, tous les honnêtes gens qui cultivent les Lettres, font juſtement révoltés de ce nombre prodigieux d'écrits ou abſurdes, ou ſcandaleux, dont nous ſommes tous les jours impitoyablement inondés. C'eſt donc venger le bon goût & la ſaine littérature, que de remettre ſous les yeux des Amateurs de la bonne Poëſie un Ouvrage digne, à plus d'un titre, de fixer leur attention. Nous oſons croire qu'après le jugement qu'en a porté un homme de Lettres, auſſi diſ-

tingué par ſes écrits, que par ſon mé-
rite perſonnel, on ne doit point ſoup-
çonner l'honnêteté de nos motifs ,
& la pureté de nos intentions dans
ce que nous avançons ici. » Cet Ou-
» vrage, dit-il, reſpire une heureuſe
» facilité, & contient une grace d'har-
» monie peu commune. Depuis *les*
» *Quatre parties du jour*, je n'ai rien lu
» de plus agréable. « Nous ne rap-
portons, au reſte, ce peu de mots
de la lettre que M. Darnaud nous a
écrite à ce ſujet, que pour rendre un
hommage public aux talens de l'Au-

teur de ce Poëme, M. D. L. V.
que nous ne croyons point devoir
nommer, n'étant point fuffifamment
inftruits de fes difpofitions à cet
égard.

LES

LES ÉLÉMENS.

MATIÈRE antique du cahos,
Long-tems maſſe informe & confuſe
De terre, d'air, de feux & d'eaux,
C'eſt moins vous que chante ma muſe,
Que le Dieu charmant de Paphos.
Tói qui, d'une nuit ſi profonde
Perçant les voiles éternels,
Devins l'architecte du monde,
Et le vrai père des mortels ;
Puiſſant Amour, ſource féconde,
Reçois l'hommage de mes vers,
Et daigne mettre dans mon ame
Une étincelle de la flamme
Dont tu débrouillas l'univers.

B

LA TERRE.

L'OMBRE s'enfuit, & la lumière
Développe les élémens.
Parois, ô Terre, augufte mère
Des Dieux, des hommes & des tems.
Amour, elle eft ftérile encore,
Hâte-toi de remplir fes vœux :
Le ciel qui l'embraffe & l'implore
N'attend qu'un rayon de tes feux.
C'en eft fait, il part, il s'élance ;
Et déjà de fon influence
Goûtant les fécondes chaleurs,
La Déeffe au Dieu qui l'anime
Rend, par un retour légitime,
Un tribut de fruits & de fleurs.
Croiffez, enfans de la Nature ;
Arbres épais, cachez le jour :
Naiffez, agréable verdure ;
Et fervez de trône à l'Amour.

Tendres fleurs, hâtez-vous d'éclorre ;

C'eft à vous d'orner les autels

Que l'homme, à fa première aurore,

Doit élever aux immortels.

Et vous, favorable Cybèle,

Cédez aux tranfports les plus doux :

S'il eft des Dieux, l'amour fidèle

Ne les fit naître que de vous.

Mais quel bruit ! quels feux ! c'eft la foudre.

Ah ! dit-elle au maître des Cieux,

Voudrois-tu me réduire en poudre

Pour ne régner que fur les Dieux ?

Sufpends les coups de ta juftice,

Terrible vainqueur des Titans :

Leur mère n'eft point leur complice ;

Epargne-lui l'affreux fupplice

De furvivre à fes habitans.

Calmez-vous, Déeffe éplorée :

Le Dieu fe rend à vos defirs ;

La terre, ainfi que l'empyrée,

Va concourir à vos plaisirs.
Assise aux bords de l'onde amère,
Auprès de ses troupeaux épars,
Europe arrête ses regards
Sur un taureau qui fait lui plaire.
Doux, amoureux & caressant
S'il vous enlève en bondissant,
Rassurez-vous, tendre Princesse :
Voguez sur l'humide élément.
Vous abordez ; le charme cesse,
Et le taureau n'est qu'un amant.
Je vois un cygne qui s'égare,
Effrayé d'un aigle inhumain,
Aimable épouse de Tyndare,
Il vient se cacher dans ton sein.
Que d'attraits ! quel amas de charmes !
Dieux ! que cet asyle a d'appas !
Cygne heureux, calmez vos allarmes ;
Léda vous reçoit dans ses bras.
Pour profiter de sa foiblesse,

Qu'attends-tu, Monarque des Cieux ?
Ta ruse a servi ta tendresse,
Les momens sont chers, le tems presse
D'en cueillir les fruits précieux.
Vois sur sa gorge demi-nue
L'Amour qui donne le signal :
Son cœur palpite ; elle est émue,
Parois, saisis l'instant fatal.
Que vois-je ? O ciel ! sa voix expire ;
Ses beaux yeux semblent fuir le jour :
Son ame incertaine soupire
De dépit, de honte & d'amour.
Vain courroux ! le Dieu qui l'embrasse
Sait l'art heureux de l'appaiser :
Un second & tendre baiser
Du premier assure la grace.
Est-il de larcin amoureux
Dont un double baiser n'efface
Le souvenir injurieux ?
Poursuis ta carrière galante :

La terre, docile à tes loix,
Possède encor plus d'une amante
Qu'elle réserve à tes exploits.
De Danaé, qu'un père enchaîne,
Dieu puissant, va dorer les fers :
Quitte Antiope pour Alcmène,
Tu dois Alcide à l'univers.
Ainsi, volant de Belle en Belle,
Vainqueur & vaincu tour-à-tour,
Tu fournis à l'homme un modèle
Du culte qu'il doit à l'Amour.
Qu'avec toi tout ce qui respire
Reconnoisse à jamais l'empire
Et les attraits de la beauté.
Amour, abandonne Cythère :
Nous allons de la terre entière
Faire un temple à la volupté.

L'AIR.

DÉJA la terre a pris sa place
Dans le centre de l'univers ;
Déjà son immense surface
Se couvre d'animaux divers.
L'instinct, cette foible lumière
Dont la Nature les éclaire
Pour les instruire de ses loix,
N'est sans doute qu'une étincelle
De ce feu pur, flamme immortelle
Réservée à ses premiers Rois.
Vous, paroissez, Êtres sublimes :
Que d'appas & de majesté !
Je vois sur vos fronts magnanimes
Les traits de la Divinité.
Heureux époux, nobles prémices
Du souffle fécond des Amours,
Puissiez-vous, par mille délices,

Compter les inftans de vos jours !
Mais quel peuple léger s'élance,
Et va fe perdre dans les Cieux ?
Quel Dieu, dans cet efpace immenfe,
Protège ces audacieux ?
D'une aîle affurée & rapide,
Charmans oifeaux, fendez les airs :
L'Amour n'eft-il pas votre guide ?
Volez au bout de l'univers.
Progné, commencez votre courfe,
Partez pour de nouveaux climats :
Allez du Midi jufqu'à l'Ourfe
Annoncer la fin des frimats.
Chantez l'Amour, ô Philomèle :
Vous lui devez vos plus beaux fons ;
Et vous, conftante tourterelle,
D'une ardeur pure & mutuelle
Donnez à l'homme des leçons.
Cependant un bruit effroyable
Trouble leurs amoureux concerts :

Une

Une secousse formidable
Ébranle l'empire des mers.
Cherchez un séjour plus tranquille,
Troupe timide, éloignez-vous.
La terre vous offre un asyle
A l'abri des vents en courroux.
Lassé des rigueurs d'Orythie,
Borée, en Amant irrité,
N'écoute plus que sa furie
Contre une trop fière beauté.
Volez, secondez ma vengeance,
Dit-il, aux Aquilons fougueux :
Venez servir la violence
De ma colère & de mes feux.
Il parle, les vents applaudissent
Par mille horribles sifflemens :
Les monts au loin en retentissent,
Les Cieux étonnés en pâlissent ;
Vous seul riez, Dieu des amans.
Vous savez que c'est votre ouvrage,

C

Et que, facile à défarmer,
Si l'Amour excite l'orage,
L'Amour auffi peut le calmer.
Déjà dans les bras de Borée
La Nymphe a vaincu fes remords ;
Déjà les plus ardens efforts
Du Dieu dont elle eft adorée,
Ont juftifié les tranfports.
L'Amant foumis fait difparoître
Le vrainqueur & fes attentats.
En Amour, ainfi qu'aux combats,
Un crime heureux ceffe de l'être.
Tandis qu'au centre des plaifirs
Leurs cœurs réunis fe confondent,
Et qu'à chacun de leurs defirs
Autant d'heureux plaifirs répondent,
Cruels Aquilon, gardez-vous
De troubler un fi beau délire ;
Fuyez-en des momens fi doux :
L'Amour ne permet qu'à Zéphire

D'agir, de seconder ses coups.

Lui seul, de son heureuse haleine

Sait à propos d'une inhumaine

Dévoiler les secrets appas ;

Lui seul fait naître sous ses pas

Les roses dont l'Amour l'enchaîne.

A peine il agite les airs

Qu'il fait rajeunir la nature,

Et réparer avec usure

Tous les ravages des hivers.

Il vole, hâtez-vous, jeune Flore ;

Recevez ses premiers soupirs ;

Il vient, sur l'aîle des plaisirs,

Vous rendre un cœur qui vous adore.

Il est déjà dans nos jardins,

Qu'il préfère à ceux de Cythère,

Où, sous un berceau de jasmins,

Il attend l'heure du mystère.

Au gré de son souffle amoureux

Un voile importun se dégage ;

Que sans contrainte & sans nuage,
Il en devienne plus heureux,
Et, s'il se pouvoit, moins volage.
Que d'appas vos tendres efforts
Voudroient dérober à Zéphire !
Foible secours ! plus il soupire,
Plus il découvre de trésors.
Il voit, il parcourt tous vos charmes :
Vos dons vous coûtent quelques larmes
Qui les rendent encor plur chers :
Vainqueur enfin, le Dieu s'élance,
Et va célébrer ta puissance,
Tendre Amour, au plus haut des airs.

L' E A U.

La terre est à peine entourée
Du voile transparent des airs,
Qu'un même instant l'a séparée
De celui des eaux & des mers.
Pour arroser son globe aride,
Un ordre immuable & nouveau
Enchaîne le fleuve rapide,
Ainsi que le foible ruisseau ;
Et docile aux loix éternelles,
L'Océan, moins tumultueux,
Précipite ses flots rebelles
Dans des gouffres creusés pour eux.
De cette inépuisable source,
Je vois par cent canaux divers
Filtrer les ondes, dont la course
Va fertiliser l'univers ;
Et rentrant au sein de leur mère,

Je les vois, après cent détours,
Au bout d'une route contraire
Finir où commence leur cours.
Tel est, ô Neptune, l'empire
Que le destin t'a préparé :
Par ce qui devroit tout détruire,
Il est sans cesse réparé.
L'Amour même au sein d'Amphitrite
Aiguise ses traits dangereux ;
L'humide séjour qu'elle habite,
N'en sauroit éteindre les feux.
Paroissez sur l'onde azurée,
Tritons, qui lui devez le jour ;
Accourez, filles de Nérée ;
Et vous, Nymphes, formez sa cour.
Que de ses plus douces haleines
Zéphire parfume les airs,
Et que la troupe des Sirènes
Prépare les plus doux concerts.
Le char de la Déesse avance,

Et femble voler fur les eaux :
Reine des mers, que ta préfence
Sera chère au Dieu de Paphos !
Pour mieux affurer fa victoire,
Confondu parmi les Zéphirs,
Autour de ta conque d'yvoire,
Il en imite les foupirs.
Que de fuccès fuivent fa feinte !
Que d'heureux traits il a lancés !
Plus d'une Nymphe en eft atteinte ;
Tous les Tritons en font bleffés.
Ici, de la foule échappée,
Doris amène fon Amant ;
Plus loin fur un flot écumant,
Glaucus embraffe une Napée.
De Dauphins épars à l'entour,
Une troupe les environne,
Et dans leur fein, l'onde bouillonne
Des feux allumés par l'Amour.
Tandis que tout l'empire humide

Se range à l'envi fous fes loix,
Quelle infenfible Néréide
Sufpend le cours de fes exploits ?
Pour en difputer la conquête,
Jupiter a quitté les cieux,
Et Neptune irrité s'apprête
A l'emporter fur tous les Dieux.
Quel bruit ! Le trident & la foudre
Confondent leurs feux & leurs eaux.
Les élémens, réduits en poudre,
Vont-ils rentrer dans le cahos ?
La terre inondée & brûlante,
Jouet des flots & des éclairs,
Dans le défordre & l'épouvante,
De fes clameurs trouble les airs.
Finis cette augufte querelle,
Amour, il y va de tes droits :
Que Thétis, trop long-tems rebelle,
Soupire enfin, & faffe un choix !
C'en eft fait : ô facré préfage !

J'ai

J'ai vu partir le trait vainqueur.

Fiers rivaux, calmez votre rage ;

Un mortel a touché son cœur.

Le goût décide, quand on aime ;

Il est le père du defir ;

Et jufqu'à la grandeur fuprême,

Tout, en amour, cède au plaifir.

Mais que l'aveu de fa foib effe

Coûtera cher à fon Amant !

Tour-à-tour, arbre, oifeau, tigreffe,

Thétis, nouvelle enchantereffe,

Échappe à fon empreffement,

Et fe dérobe à fa tendreffe.

Sommeil, fournis des traits nouveaux

Au Dieu que l'inhumaine offenfe,

Et qu'une douce violence

S'uniffe enfin à tes pavots.

Thétis repofe ; accours, Pélée ;

Venge l'Amour, & fers tes feux.

Qu'à la lumière rappellée

D

Ta bouche à la sienne collée,
L'oblige à resserrer ses nœuds ;
Et que, dans tes bras consolée,
Au milieu des ris & des jeux,
La Déesse, à qui tu sus plaire,
Pour premier gage de ta foi,
Prince, te rende enfin le père
D'un fils plus grand encor que toi.

LE FEU.

Maître des cœurs, vive lumière,
Amour, feconde enfin mes vœux :
Je vais terminer ma carrière,
Et la confacrer à tes feux.
D'un double fluide humectée,
La terre eût vu le jour en vain,
Si l'élément de Prométhée
N'eût pénétré jufqu'en fon fein.
Sans lui, fa furface, obfcurcie
D'un air fans ceffe condenfé,
Seroit encore enfevelie
Sous un vafte océan glacé.
Lui feul agiffant au contraire
En elle, fur l'air & les eaux
La rendit à l'inftant la mère
De mille & mille végétaux ;
Et jufqu'à l'homme enfin fa flamme

D ij

Lança ce rayon précieux,
Ce principe moteur, cette ame
Qui le fit presque égal aux Dieux.
Amour, père de la Nature,
Ce font autant de tes bienfaits;
Source de feux féconde & pure;
Nous ne les devons qu'à tes traits.
Le flambeau du monde lui-même
En emprunte l'éclat du jour :
S'il brille, c'eft parce qu'il aime;
S'il pâlit, ce n'eft que d'amour.
Partez, ô Reine de Cythère;
Ainfi l'ordonne le deftin :
Allez d'un époux téméraire
Recevoir le cœur & la main.
Il n'eft point de lointaines rives
Où les Jeux, les Graces naïves
N'abordent bientôt fous vos pas;
Ni de plage fi peu propice
Que la volupté n'embelliffe,

Et ne soumette à vos appas.

Elle arrive ; un regard embraffe

La cour entière de Lemnos.

Vulcain fe livre à fon extafe ,

Et laiffe éteindre fes fourneaux.

Saifis d'une ardeur inconnue ,

Les noirs Cyclopes, à fa vue,

Sufpendent leurs marteaux affreux ;

Et leur chef, encor plus farouche,

Exhale de fa trifte bouche

Ses premiers foupirs amoureux.

O Vénus, charmante Déeffe,

Quels feux venez-vous d'allumer !

Ceux de la foudre vengereffe

Sont-ils faits pour vous enflammer ?

Fuyez, & du Dieu de la guerre

Acceptez les tendres fecours ;

La main qui forge le tonnerre ,

Ne peut qu'effrayer les Amours.

Vénus foupire... Heureux préfage !

Pour un aimable séducteur.
Qu'il attaque avec avantage
Des nœuds désavoués du cœur !
Soupir ardent, vive étincelle
Du flambeau de l'Amour naissant,
L'Hymen, à ta lueur nouvelle,
Se trouble & fuit en gémissant.
Aussitôt la troupe folâtre
Des Amours, des Jeux, des Ris,
Court se glisser au sein d'albâtre
Et sur la bouche de Cypris.
Le Dieu du plaisir, moins timide,
Se livre au transport qui le guide,
Et va droit au cœur à son tour.
L'Olympe applaudit, & la terre
Apprend par un coup de tonnerre
Qu'elle est la mère de l'Amour.

O toi, Dieu charmant, dont ma lyre
Vient de chanter les doux exploits

Peux-tu fouffrir dans ton empire
Un objet rebelle à tes loix ?
En vain, au char de ma Bergère,
Tu fixes la troupe légère
De l'enjoûment & des attraits ;
Faut-il qu'au printems de fon âge
L'infenfible ignore l'ufage,
Et tout le prix de tes bienfaits ?
Venge mes feux & ton injure ;
Amour, fers-toi du trait vainqueur
Qui, par la route la plus fûre,
Sut parvenir jufqu'à mon cœur.
Sur-tout ménage avec adreffe
Les intérêts de fon Amant,
Et ceux de fa délicateffe ;
Et fouviens-toi que ma tendreffe
Eft la fille de Sentiment,
Et non celle de la Foibleffe.
Amour, pourroit-elle, à ce prix,

Te refuser une victoire
Qui mette le comble à ta gloire,
Sans offenser celle d'Iris ?

FIN.